沖ななも選歌集

典々堂

＊目次

沖ななも選歌集

衣裳哲学

第一歌集　一九八二（昭和五十七）年六月発行（不識書院）　36歳　（収録歌二八〇首から六六首を選歌）

第一歌集の頃

一九六四年　「高村光太郎詩の会」に参加、仲村八鬼に師事
一九七一年　詩集『花の影絵』刊行
一九七四年　加藤克巳主宰の「個性」に入会
一九七四年　「個性」四月号に「墨いろに」十首発表（本名で）
　遠くありて女官能の汀　火を抱きしめて墨をする
一九七四年　「個性」九月号に「鈴虫孵る」十三首を「沖ななも」名で発表
　木漏れ日にきりしたんの墓その上を東へ東へ雲は流れる
一九七六年　個性新人賞受賞
　この頃、「個性」に「式子内親王論」、「和泉式部論」、「葛原妙子論」、「斎藤史論」、「大西民子論」など執筆
一九八〇年　父逝去
一九八三年　『衣裳哲学』により第二十七回現代歌人協会賞、第十四回埼玉文芸賞を受賞

1

空壜をかたっぱしから積みあげるおとこをみている口紅《べに》ひきながら

バースコントロール知識反芻　人毛のごとき雨降りはじむ

砂浜に撃ちつ撃たれつ子の遊びあそびなれども撃ちあいやまぬ

喉仏に陽をあびながら眠るきみ遠くに電話鳴りやまぬまま

霊柩車が雨水はねて走りぬけしずかに水がもとにもどる間《ま》
地平線のむこうにも雨が降っていると思いはじめてようやく寝につく
たちくらむ春の名残りの木下闇かるがるきみの腕にいだかる
けだるげにあおむく女の首長く東洋の海あおあおとある

2

ヘルメットをかぶった人がアスファルトにとけこんでゆく夢をみている

鳥の目に射すくめられたる冬の夜に薄手茶碗の割れる音きく

捨てられし髄のごときもの、貝の殻、やきとりの串、われの鎖骨も

3

つかの間の休息ならむ細枝に鳥一羽きて黒くとまれり

われは汝の恋人なりや　コップのそとの水滴著《し》るき

おもいきり反り身で仰ぐ　鉄塔の尖端鋭く鳥を削《そ》ぎにき

もの言わぬ受話機のむこう　洗剤の泡のなかまで引きずりこまれる

革命という言葉が不似合い不揃いで金色の軽卒な伸びすぎの麦の穂
障子二枚はずして坐ればあらいざらいぶちまけてしまいそうになる

4

男ひとり杭になって佇っている海風やまかぜまじわるところ
なにがなしひだるいこころわく春の漁村は白くものおともせぬ

階段を下から支える空間のうす暗がりをひとりじめする

性愛もさびしき風かエンタシスの柱のあわいぬけてゆくかぜ

この椅子をわたしが立つとそのあとへゆっくり空がかぶさってくる

羅生門葛のつまらない花咲かせつつこの家《や》の主の白いあしうら

誤配された郵便物のごときわれ立ち去る機会を失いかける

愛などと呼べどもこの世にあらぬもの風船かずらの実のなかの空《くう》

朝の陽が腕力をもって染めあげた国道際のあきカンのやま

ほっかりと花菖蒲咲くはざま田に陽をうければ母の声する

5

古いベンチの文庫本一冊、鉄棒と犬とわたくしと、濡れている

洗い髪を散らしたままで寝る夜のゆめにたまごの殻がかがやく

左手に堰堤《えんてい》現れくろぐろとさえぎるものの強さを見せる

暮れなずむ武蔵野の道に虫を追いみんな小さくなってしまった

6

道の端にヒールの修理を待つあいだ宙ぶらりんのつまさきを持つ

にんげんら好みて集う陰の部分朴の木のした魂のまうしろ

パラソルのちいさき影のあやうさやうつろう時をひとり歩めり

トラックに鉄材積みあげるおとこの腋の下から見えかくれする富士

いつの間にか眠ってしまった耳の意識、耳は耳として眠ってしまう

立夏すぎひるのねむりにしのびこむ猫の足音子を叱る声

7

なつまひる自《し》が影ひきて痩せ犬が茄子の畑に入りき戻らず

陽だまりに蜘蛛おりてきて　昼火事のサイレン響く　なまあくびする

8

咲きさかるさつきの闇の午前二時病《やまい》の父のあなうらしろし

にんげんが管《くだ》になって横たわりそこでたしかに腸病みてあり
足長蜂一匹まよいこみ女患者らうたうごとくに立ちあがる

9

よこなぐりの雨のなか行くきみ想いつつ抱かれるとき雨の匂いする
Hysterical な近代都市に住むゆえに葡萄酒色の *Irony* はある

カーテンごしに器具のおとたてる看護婦がときおり声をしのばせ笑う

閉じられた扉の中のざわめきを身にまといつつ男出てくる

シーソーに片側重き体重をあずけておれば秋の日落ちる

鉛筆の芯のようなる叫びあげ曼殊沙華咲きいでむとす

山車《だんじり》のであいがしらに人形の方向転換　冬に入りゆく

10

石を蹴る子らのあそびよ蹴りあえばたれかれもなくかなしきこだま

放恣なる午後目前にさがりくる遮断機ゆらり揺れてとまれり

11

屋上から麻縄よじれたれさがり窓拭きのおとこふいにいなくなる

壮年のあごのあたりに冬の蠅まつわり飛べりゆうべゆうやみ

空箱紙紐しまいおく母と空箱のような娘との二人の暮し

急須の口欠けたまま何年か経る女二人の不精なくらし

飽食のわれが飼う魚《うお》のなにがなし鰭の部分の不用に長し

鬱鬱と空身《からみ》で行けば何という宿根草か発芽している

父母《ちちはは》は梅をみておりわれひとり梅のむこうの空を見ている

フライパンの油の焼ける匂いなどわれにまつわるさまざまな過去

12

神経を病みてねむれる蒼白の街ゆらゆらとごみ収集車行く

計算違いの怒りのごとくまっくろい野焼のあとの土手よこたわる

神経をさかなでにするはるのかぜ階下階上家族のねむり

不用なるものの重みがたれさがる荒縄の先　われに触れいる

玄関にぬぎすてられた桐下駄の足の指あと分銅のかたち

腰をかがめて髪を洗う　反復のしぐさなれどもふいにあさまし

兄弟運が良いと言われた眉のかたち半分ほどはペンシルにて描く

あとがき

ひところ私は和泉式部、式子内親王といった人々について、かなり根をつめて考えたことがある。そしてその感慨を私たちの歌誌「個性」に、それぞれ何回かに分けて連載させていただいた。古典研究などといったほどのものではなかったが、私のうたおうとしてきた今日の歌と、どのようなかかわりを持ったのであったろうか。私は、むしょうに今日の歌に挑みたいような気持になったことだけは確かで、歌うよろこびも苦しみも、この辺からはじまったように、いま、おもいだす。

さて、ここに二八〇首をもって第一歌集を編むことになった。

私にとって、歌とは、ただ単にこころの有様を素朴に、あるいは着飾って表白すればよい、というだけのものではない。私の意識に纏いついてくるもの、または触れてこないものであっても、私の生きて今日在ることに囲繞してやまないものを、きわめてプリミティヴに表白していきたいと考えている。そしてそれはなによりも私自身が、私の存在そのものを確認しつつ表現していくことなのだと思う。

当然すぎることではあるが、私はけっして一人で生きているわけではない。私をとりまく自然や社会、そして四囲の人々とともに、この、ともかく生きている私というものを謙虚に率直に表現していきたいと考えている。

したがって、身近なことば、普段着のようなことばを使っていきたいとおもっている。それは、おおくのひとびとが呼吸してもけっして濁ることのない大気のような言葉、ということができようか。

この歌集の刊行にあたり、短歌の一からお教えいただいた加藤克巳先生には序文を、また、書家の今井満里先生からは装本の労を賜わり、身にすぎたご厚意と有難く、感謝いたしております。

また、出版をおひきうけくださった不識書院の中静勇氏には、言葉につくせぬお世話になりました。おもえば、氏との出会いも、幸運なことと言わねばなりません。

そのほか、多くの方々からお力添えを頂戴し、このように初めての歌集が出版できましたことを、心からお礼申しあげます。

昭和五十六年十二月二日

機知の足首

第二歌集　一九八六（昭和六十一）年八月発行（短歌新聞社）　40歳
（収録歌三一七首から七九首を選歌）

第二歌集の頃

一九八四年　「'84京都春のシンポジウム」（河野裕子、道浦母都子、阿木津英、永井陽子主催）に今野寿美、松平盟子らと参加
一九八六年　「個性賞」受賞
「現代短歌を評論する会」に参加
一九九〇年　「歌壇」に「短歌目玉焼論」を執筆（短歌の定型は求心力にあるという定型論）
平成元年の歌（「短歌研究」〈平成じぶん歌〉より）〈以後和暦と歌のみ記載〉
「短歌目玉焼き論」なるを連載す求心力を己に求めて

軟骨の歯ざわり

ふかくものを思うというにあらねども冬くれば冬の身支度をする

天寧寺の柘榴はいたくすさめども実りは重くあなどりがたき

陽気とはいえぬ男と二人分の座席指定券を買いに行くなり

わがおとこコーヒー飲まんとうつむけば片側翳るこの面構え

秩父連山見んとして来し歩道橋のむこうに夕日ストンと落ちる

手垢にくもる扉みがけばいっときはいきおいをもってかがやく

箸でさぐる味噌汁の蜆ざらざらとたとえば心変わりした男のこと

奥の歯で軟骨を嚙むかみくだきゆっくりのどを鳴らしのみこむ

肉厚の菊を両手につつみこみ金銭その他の争いをする

さつま芋掘りおこされて黒土が湯疲れのごとき姿をみせる

洗い桶の蜆夜更けておとたてて半透明の舌をとがらす

ひょうたんが棚で

消防分署の車庫のからっぽ　喪失のさなかのしずけさ

青天というもまれにてひょうたんが棚でゆらぐを見上げ時過ぐ

TV《テレビジョン》に映る駱駝はゆっくり膝折りひったりと砂丘に坐ってしまう

十文三分の靴しまいつつ思うこと父亡きのちのわたくしの年齢《とし》

ごっそりと筍の皮すてにゆく捨てられるものの重みに耐えて

ふくらはぎについた傷あり知らぬ間に風神のみちをふみこえていた

考えごとをひきずるように線香の煙がゆっくりのぼっていった

うつぶせに寝てみて畳の目一つ遠くのものを見ないことにする

入れかわりバスのシートに腰おろす他人のぬくみのきみのわるさに

ついに雨降り出し春の草いきれ這いずるような草ぬきもおわる

分つ

白桃を分ち食べたる母とわれに一つの種子が残されるなり

何のレシートか知らず、ポケットにあるを指先でときおりいじる

会果てれば女が茶碗を洗うものと男も女も決めて疑わず

たまり水で鎌を洗えばとびさりし鴉一羽の黒の分量

浄空院庫裡のかまちに裏むけの白緒の草履二足が乾けり

鬼鎮《おにしずめ》神社、　大蔵館《おおくらやかた》跡　時代の異なる平面を巡る

知りびとの棲みいぬ土地の気安さと心もとなさにひょいとたたずむ

秋彼岸雨に降られて血族の三人が欠け墓参を終えぬ

殺虫剤調合しつつ父あらば父の仕事とひとりつぶやく

父の背広だれも着ぬまま善人のしるしのごとくそのままかかる

ファイトのト長くひびかせ応援する新入生のユニフォームの白

人を拒む

やがて雪になりゆくらしくこころなし白き雨降る旧中仙道

鉄棒のあやうき面に降り積もる雪を見てより雪に親しむ

座布団を二つおりにして枕にす死ぬときは不意に死にたし

刃物屋のナイフがにぶく語りかける　買いたければこれは売りもの

俎板は洗っても残るくろずみをもつゆえいまのわれは親しき

春塵に追われ

鰹半身買いくる母のさみしさを見ぬふりをして長き髪梳く

眠られぬ夜更けに犬の声とどく胃のなかのものとけゆくらしき

春塵の何にか追われかけもどりいきなり押し入れあけてくらやみ

楤の芽の苦み口中に含ませてこの年の我が身きしませてあり

相模川眺むるこころに揺らぐもの河口はつねに激しきを持つ

箭明にして

かすかにも吝嗇となる気配ありポケットのなかの硬貨の重み

とろけゆく甘みをゆっくり味わいて女が男を刃物にて　刺す

高速度写真のミルク一滴　一部始終をさらして落ちる

なければなかったですむはずが有るものがいつか消えるせつなさ

引潮にぴしっと足首かっ切られずんずん埋没していくわたくし

空壜がいまにも笑いだしそうにごろりごろりとまえうしろ見せる

目の前で貨車と貨車とが繋がりぬ泣くまいとして堪《こら》えているに

凸凹道

車窓よりみるに畑を焼く煙ゆるくつつみてその炎《ほ》をみせず

小包の男結びをたんねんにほどいているも我執を写すか

交叉路にライトを先にとどかせてのちおもむろに車体ひきだす

小伝馬町横山町から馬喰町とうきょうの臓物のごときみちすじ

すでにともまたもはやとも言う母のまだの部分が意外に長い

尻尾

波瀾万丈はた天下泰平風の中ちん餅一枚注文に行く

しっぽの先まで食欲となれる雌獅子は逃げる獲物を追いこんで　咬む

一つずつ失いゆけば失うもの多く持ちいしことにおどろく

赤き根っこ

樫の木の梢に風が生まれるかざわざわずわんと高鳴りがして

しるこやのおんなあるじは腰、背中、膝、肘曲げて注文を訊く

惜しみおきしがあらかた傷み棄てたるにしばらく桃の匂いのこれり

白飯につきるとおもう飲食の喉もとくだるきわのうまみは

散る

日常のおごりというか無聊なるときに散りくるさくらの花は

爪を切る　己が身体を離れゆく　離《か》れゆくものは棄ててしまえよ

すいせんの三本ずつがくくられていずれの束にもひとつ難あり

白菜に包丁を当つ白菜は自ら割れるごとくに分る

小心を継ぐ

死にし父へ生きいる母が朝なさな唱える経は起伏をもたず

砂丘ながく映されいしが消えてのち口中にある飯をのみこむ

なにもかも捨て鉢になるなにもかもと言いつつどこかに未練もあるが

老猫がにんげんくさい顔つきでうかがいゆけりわれの素行を

道　敷地　雪に埋もれて気付きたり地の上に元来境界はなき

どこか貧しい
袖口のほころびたるがこの夜の負目となりてかたくなにいる

礼状　督促　満期の知らせ　あわあわとした午後の陽あびて届けり

死後の父ひましに透きてゆくものか独りとなりて見上げる空は

しめりたるタオルで指をぬぐうとき家族というはなまぐさきかな

耳もとで虫の羽音が鳴りやまず妙な噂を蒸しかえすらし

大愚

人間《ひと》ならば無愛想なる姿にて樹齢二百年の無患樹

いまだ芽吹かぬ老樹見上げる母といてその吐く息をかたわらに聴く

傘低くさす
一天にわかにかきくもり肩まるき臀まるき人飛び込んでくる

四十を目前にして羽目板のいろあせたるを蹴とばしてみる

あとがき

『衣裳哲学』以後、昭和五十七年から六十年までの作品である。この時期、定型というものの大きさを強く感じた。こちらに気迫がないと定型に負けてしまう。うまいことできたと思うとカッコよくなってしまっている。ほんとうにこれが私の姿か、と自問自答の歩みであった。

何年となく見続けてきた木がある。ぼんやり見ていて今まで気付かなかったが、下へ向かって伸びている枝がある。

木はすべて向日性で、上へ上へ、あるいは外へ外へと伸び太陽の光を吸収しようとする本能がある、と思っていたから、なかに、下へ伸びようとしている枝があることに驚いた。むろんあまり陽はあたらない。
なぜあの枝が下へ伸びたのか。何か自然の条件があったのだろうが、それでも青々と葉を繁らせている。
何かの条件を受け入れて、そのうえで、伸びられる方へ伸びていけばそれでいいのだと思うようになった。

この集を編むにあたり、お世話になった版画家の片瀬和寛氏、短歌新聞社の石黒清介氏、加藤克巳先生はじめ個性の方々、多くの人たちのご厚意にお礼を申し上げたい。

昭和六十一年七月九日

木鼠浄土

第三歌集　一九九一（平成三）年八月発行（沖積社／現代短歌セレクション）45歳

（収録歌三六首から一三首を選歌）

※別に『衣裳哲学』抄　五五首、『機知の足首』抄　六三首あり

第三歌集の頃

平成二年の歌

終戦後起業せしおみなの奮闘のひとつひとつを掘り起こし聞く

（失業していた時、女性実業家の自伝のゴースト〈代筆〉をしたことがある）

平成三年の歌

折々の心もようのスケッチを託す三十一音の景

（大宮盆栽村「那舎」で「メンタルスケッチ〈墨蹟展〉」開催）

先の先まで伸ばすことなくしぼみゆくことしおわりのからすうりの花
いさぎよく散るが良しということもなく黄菊白菊さかりをすぎぬ
恕《ゆる》しがたきこともいくつかたたみおき豆柿の枝を切りそろえゆく
皁莢《さいかち》の流れへ傾《かし》ぐ古幹の上へ向く枝下へむかう枝
とうてい無理なはなしだがと言いつつ男が木の下を行く

上の葉が下の丸葉にかげをおとしともにゆれいるところを過ぎき

この春に切らんと決めたるもくれんのはや蕾もつ枝を見あぐる

杉の木の木肌がねじれ右巻きになんのためにかねじれて伸びる

岸に立つ木がうつりけり古利根のさざなみだてる水のおもてに

一本が一本としてきわだてる雑木林の夕映えのとき

水死者の耳に似ている水芭蕉身をのりだしてのぞきこみいる

臍のある木

臍のある青木一樹が夜に入り歩き出さんと呼吸《いき》しずめいる

白木蓮ざわめく下を生きているわが通るときざわめきまさる

木をめぐって

盛岡はきのうまで強い風が吹いていた。しかし今日は、真綿にくるまったように温かくておだやかだ。

早池峰山の麓には桂の木が多いという。ご神木になっているものもあり、仏像に刻まれているものも多いと聞いた。

ところがこの桂の木、ふつうは直立型だが、変種として枝垂れがあるというので出かけて来たのだった。一関に住む友人は「そんなもん、あんだいか」と言っていたが、それでもいっしょに従いて来てくれた。

めざす瀧源寺を、タクシーの運転手も知らなかったが、無線で本社に問いあわせて、何とか走ってもらった。

本堂の裏手に廻ると、すっくと立った観音の姿のような静謐さで待っていてくれた。近づくと、幽かだがサワサワとした音が絶え間なくしている。せせらぎのようで、眠気をさそう。

説明によると樹齢約百六十年、高さ約二十メートル。開山の性翁慶守和尚が砂子沢の山中で珍木をみつけて移植したのが初めで、百五十年程たったとき寺の普請の用材として伐採、その切株から萌芽したのが現在のものということだ。

ほとんど葉が落ちて、細かく張った枝の間から秋空が青々とみえる。枝の一本一本が、上向きのときとは違って、力《りき》んだ感じがしない。人間で言えば肩に力が入っていない。木自体がハミングでもしているようにメロディを持っている。遠くから樹形だけを見ていたのではわからない木の息づかいが聞こえる。ほんとうに不思議な感じだが、久しぶりの来客で妙にはしゃいでいる幼い子供たちが、代るがわる障子の陰から目だけ出してクスクスしのび笑いをしている、そんな感じなのだ。

その時すばやくリスが走った。リスはトネリコの木（生命の木、宇宙樹）の下にいる龍（冥界）と頂上にいる鷲（天上界）の間を行き来して、敵対している両者の伝言を伝える使者なのだそうだ。何を伝えに行ったのだろうか。

盛岡市内にはあと二本、枝垂桂がある。一本は餌差小路。地方の運転手さんはみんな親切だ。降りて人に聞いてくれる。お医者さんの庭にあるとわかったが、ベルを押しても誰も出て来ない。住まいの方の裏口に廻って、やっと見せてもらうことができた。もしかしたら昔は御典医か、と思わせるりっぱな庭だが手が入っていない。子供の肌着や布団が干してあった。

ここの枝垂桂は瀧源寺のものを根分け移植したらしいのだが案内板には滝泉寺となっていた。

高さは親ほどではなく、下の方にくると少し広がって、傘のような姿である。町の中にあるせいか、枝がまっすぐに伸びず、くねくねとしている。

庭も大きいが、この大木が庭の中心ではなく、端の方に植えられていることもあってか、主役にならない木である。言ってみれば緞帳のような役目だ。

家の人もふだんは気にとめてはいないのかも知れない。これだけの大木の葉は全部でどのくらいあるのか。まったく掃除をしていないらしい木の下は、誰にも踏まれていないようだ。道路からも見えない。いったい何人の目に触れるのだろうか。

巨木を二本も見て堪能したので、もう帰ろうかと思っていたら、門《かど》ならそう遠くはないですよ、と言う。それじゃあ、ということで残る一本も見られることになった。

どこをどう走ったか、市街地をはずれたところを、さらに細い道へ曲ったなと思って間もなく、土砂崩れの後の崖のようなものが見え、近づくとそれが枝垂桂だった。

こちらの方はまだ葉がだいぶ残っていて、黄色っぽいが、公孫樹のように美しい黄ではない。枝垂れの枝が短いのか、音楽の流れのような感じがない。姿だけを言えば瀧源寺の方が上だ。しかし西陽をうけて、木の輪郭がわからぬほどに揺れてきらめくさまは、滝の水が落ちてくるのに似ていた。

木にも寿命というものはあるらしい。薄墨桜を蘇生させた話は有名だが、木にとっても生きのびることは易くはない。公害もある。伐られることもある。虫や病気もある。里近くの大木はたいてい寺の境内にあり、保護を受けている様子がうかがえるが、自然のままに伸びているのは案外すくないものだ。

きょう見た三本はどれも無理がなかった。だいいち人間から忘れられているのがいい。時々、もの好きが来て見上げたり、特別美しい季節に、通りがかりの人が立ち止まったりする程度。

木は一所懸命でもない。怠惰でもない。目的もない。生きる、ということしかない。

むろん人に害を加えようという気もないかわりに、慰めたり癒やしたり感嘆させたりしようという気もない。生きているということが、どうかしたはずみで慰めたり邪魔になったりすることはあるだろう。それは人間（他者）の利害においてである。木は生きることしかしていない。目的はない。何百年も、芽を出し、繁らせ、葉を落とす、それを繰りかえすだけである。

ふたりごころ

第四歌集　一九九二（平成四）年十一月発行（河出書房新社）　47歳（収録歌三三八首から六七首を選歌）

第四歌集の頃

一九九二年　評論『森岡貞香の歌』（雁書館）刊行
一九九三年　九月から埼玉新聞に「樹木近景」の連載開始（一九九四年十一月まで）
一九九四年　四月、佐藤信弘とともに「詞研究会」を発足、季刊誌「詞法」を創刊
　この年、鈴木敏幸主宰の詩の同人誌「倭寇」に参加
一九九五年　中野嘉一氏にインタビュー

平成四年の歌

髪を切るばっさりと切るこんなにも軽くなりしよ柵《しがらみ》断てば
（河出書房新社の企画歌集出版のため写真を撮ることになった。腰まであった髪……）

I

無風なる

風のない夏の午《ひる》すぎいたずらに何かをじっと待つばかりなる

やせぎすの男をおいて席を立つみずからの優位と感傷のため

ブラウスの内側にまで入りこみ西陽はいっときたわむれあそぶ

かたほうではこれで助かったという思いもあり一人の男と泣いて別れる

ぶち猫が横ぎりゆきて　とうとつに　誰のためにも生きてはおらず

夏のつっかい棒

塗り替えたばかりのような赤い橋みえきてみえなくなるまでの車窓

横たわる蚊の片足が机《き》の上に作る一本の淡い影

夏蜜柑ふてぶてしくも十本の指をよごしてむさぼり食いぬ

わたくしが泣きやむまでを目守《まも》るべくただそれだけをすべし男は

口紅をつけろと言う、つけるなと言うあり応えてつけるつけぬときある

にんじんの色

にんじんの泥をおとしてにんじんの色があらわる人参色《にんじんいろ》が

ねばっこくもやさしくもなる夕暮れは腕を組まんと身を寄せてゆく

かの男を独占したいがかといって独占されたくない気もありぬ

これを採れば次のが赤くなってくる今年のトマトのこの従順さ

混沌広場

順々に視界のなかから消してゆきだあれもいない混沌広場

ずっと前の約束の時刻が記してあるポケットの中の紙切れを捨つ

満杯の水を一滴もこぼさぬよう歩くが人生と言うを見送る

冬の動悸

整然と並ぶいちごの種子のさま畏《おそ》れそののち食いてしまえり

ゆるい坂をのぼりながらの見晴らしにこの世のいろが刻々かわる

欲情したようにひかる自転車ブロックの塀にもたせかけてある

雪どけの水が流れずにたまりいるつねには気づかざりし窪みに

身から離せばたちまちにして冷えきざすホカロンしかり男しかり

寒のもどり

この朝の寒のもどりに着ぶくれて母が小鳥に餌をまきやる

もう何も失うものはないというところからいま、すこし上なり

あいまいになる

歩きつつふりかえりつつ見る桜こうしてみれば他人の桜

当然のこと

早くとも遅くとも春の挨拶のなかに据えられる桜の開花

青いうちに採ったトマトがテーブルで真っ赤になることのゆううつ

みはるかすかぎりはゆるくのぼる坂七月某日炎天のもと

眠りにおちぬ

なんのひょうしか思い出したる男あり忘れられぬが忘れてひさし

II

うんどう靴の先

縞蛇《しまへび》の飼い方孵化《ふか》のさせかたを男同士が夜っぴて語る

たたずめば風吹きあげる岐《わか》れ路〈右ゐちごみち左おくのゐん〉

動きやまず

水辺近く降りゆきて浸す手首まで強く圧《お》しくる水の力は

滝のおもて

ちりちりと岩を這《は》うありとびはねてしぶきとなるあり滝のおもては

落下してのちの流れはなにくわぬ好々爺《こうこうや》のごとき表情をせり

首を載せた石

山陽道の地つづきにして国境《くにざかい》こことそことが何ぞ異なる

石の上はことに寂《しず》けしかつて首を載《の》せたる記憶をひそみ持てれば

石が、この石が人間を見つづけて好々爺然と陽をうけている

どさくさ

人ごみにまぎれゆきたる魂か　ここは衆生《しゅじょう》の、金を集める

III

しっぽの思想

出しおしみするようにして降りはじめ道程《みちのり》なかばで本降りとなる

桃の皮を爪たててむく　憂鬱《ゆううつ》を　ひとさしゆびと親指で剝《は》ぐ

しっぽにはしっぽの思想ありぬべし寝ている犬の尻尾が動く

秋の入口

少しずつ岸に押し寄せられてくる芥《あくた》のごときかわれとかれとは

寒卵割れば殻《から》のすきまからぬるりと落ちぬひかりをひきて

黙る道

水が水を押すようにして小流れが広きところへいでてゆきたり

急《せ》くでもなく急かぬでもなく電柱のうえにとどまる男の動作

寡黙《かもく》なる木に逢いにゆくいつからか独《ひと》りに慣れてしまいしわれか

深耕《しんこう》の土が夜目にも盛りあがりあきらめかけしをおもいとどまる

春めける風がしずかにわたりゆきしのび笑いをする池の面《おも》

夏の勢い

夏やせのわれを支える駅頭の柱がありぬ彼が来るまで

究極のところ

耳たぶが痒くてそこに神経のあつまる午後にあなたは不要

どの面《つら》さげて帰り行くのかわたくしから解放された他人のおとこ

人を待つ

枯れ果てて形もあらぬあさがおの種子《たね》をくぼめた掌《て》にのせている

釣り銭を尻ポケットにむりやりに押しこむ指の男の指の

人のかたち

ガラス戸をへだててみせるやぶれかぶれ人間《にんげん》業《ぎょう》老舗《しにせ》の実《じつ》ある裸体

まあまあのまま

まあまあのところがまあまあのままでこのごろあきらめまじる

汚れれば裏がえし折りかえし雑巾《ぞうきん》の四つの平らを使いきるまで

同居人がほうっと吐きける烏賊《いか》の墨のごとき思いが低く沈みぬ

切るために

人間がどこから来たかは知らねども正月三日は家におります

牛乳の釣り銭もらいそこねしごときわずかなことにいまもこだわる

やんわりと拒《こば》まれたるか長椅子《ながいす》の向き変えてみる午後の日のなか

われが励ます

一つ一つ放棄しゆけり捨てられるものがそれでもあるうちはよし

曲坂《かねざか》

雨足がひときわ強く葉を打ちぬうたるにまかす古葉のおもては

明日《あす》をたのむ思いも淡くかがまりておとこの靴の向きを変える

雨の音ふいに強まり煮ふくめるちぎりこんにゃくに味しみるまで

ホック二つはめてと背中を向けながら今ならすこしやさしくなれる

喫いおわらぬ煙草を消しぬ積年のわがおとこたる鬱屈《うつくつ》として

曲坂《かねざか》を二日つづけて登るはめ降りみ降らずみ六月終わる

棚のボタモチはどこへいったか

髪を切った。

意気込んで言うほどのことではないが、二十年ちかくショートカットにしたことがなかったので、何日も何日も、何年も考えたあげく、まだためらいが残っていた。タイムリミットを設定して、自分を追い込んでいく。しまいには、考えようとすると頭に血がのぼるような感じがしてきた。

髪を切る、というような他愛ないことで、なぜこんなに考えるのかと思うほど決心がつかない。なぜなのだろうか、とわれながらおもうのだが。

以前は、変化のある毎日を期待しているようなところがあったが、近頃は、変わらないというところに安心感がある。きのうとおなじ今日が来ること。変わることに臆病になっている。変わったあとの予測がつかない。今までは、変わるとすればたいていはいい方へ変わっていたものだったが、その確信がない。

二十年という歳月は、いままでの人生の約半分だ。人生の半分近くを共にしてきたものを切る、ということは何かを切り捨ててしまうもののようにも思えて、どうにも勇気がわいてこない。何かを断念するということ。

たぶん今までも多くのものを断念しながら生きてきたのだろう、たいして意識してではないけれど。そしてそれは自分の努力が足りなかったか、力が及ばなかったか、そんなことだったと思う。けれども、こんどはもっと大きな力の前に、断念させられるのだという思いがしきりにする。

横綱千代の富士が引退の理由を「体力の限界」と一言いっただけで口を噤《つぐ》んだくやしさが分かる。

ついに決心した。というより、あきらめねばならなかった。

何年も前から、うすうす感じていたこと、しかも避けて通っていたことだが、しっかり見なければならない。つまり、臆面もなく言ってしまえば、「黒髪の限界」。

シャンプーのコマーシャルが急に憎らしくなってきたから不思議だ。はっきりと意識したのだ。「老い」というものが人生にはあって、確実に近づいてくるものだということを。

「いつか」「そのうち」「たぶん」「もしかして」「なんとかなる」「だれかが」いままでよくもそんなあてにならない言葉が言えたものだ。棚の上にはボタモチがいっぱい載っていて、都合のいいときにポタリと落ちてくるものだと思っていたし、実際それに近いこともあった。しかし、「いつか」も、「そのうち」も、そう簡単には来ないことがようやくわかった。ボタモチはどこへいってしまったのだろう。これからは何ともならないかもしれないし、誰も助けてはくれないかもしれない。

あとはどんなに微力であろうとも、自分でどうにかするよりしかたがない。そこに協力者や王子様が出現したとしたら、それは貯金の利子のようなものに違いない。

いま住んでいる家は、父が建てたもので、昔風の、飾り気のない殺風景な家である。いつかは出ていく、と思っていたから、使い勝手の悪さも我慢していたし、間取りの不便さもさほど深刻には考えていなかった。

遠くを見つめているときは、足元は見えないものらしい。

しかし徐々に遠くが見えにくくなってみると、近くの不備がどうにも我慢がならなくなってくる。ここ数年は建物のことを考えるのも嫌だった。あっちがガタガタ、こっちがミシミシしてくると、なるべくそこを見ないようにしていた。台所の床がひとところ、踏むとギギッと鳴るところがあり、そこを通りたくないばっかりに、ぐるっとまわって、別の入口から入ったりして。

いつのまにか増えた本の類。その置場も幾つかの本箱程度では間に合わなくなってきたし、二階の床が抜けそうなのは、早急になんとかしなくてはならない。

「いつかは」も、「誰かが」も、「もしかして」も、無いとすれば、この現状を避けるわけにはいかない。

あと二十年か三十年、ともかく雨風を防いでくれるものが必要だ。最低のものでいいのだが、自分を守るものが。

そんなことを考えていると、むかし台風がくる前に、雨戸を釘で打ちつけたりしたことを思い出す。「守る」ということは、どう考えてもかっこのいいものではないが、居直りの心境だ。

なんだかはわからないけれど、ここらで決めなければならないものがある、そんな思いがしきりにする。目に見えない何者かに支配されていると感じるのだ。「あれもこれも」はもうできないだろう。そうかといって、「あれかこれか」でもない。「これしかない」に、かぎりなく近い。

髪を切る前は、こんなことをぐだぐだと考えて楽しまなかったが、切ってしまったら、さばさばした。慣れるのに一週間ほどかかったが、夜の電車の窓に映った顔が別人みたいだったのが、なんともおかしく、わたしも変わることができるかもしれないという、かすかな期待が生まれた。

いっときは友人たちの注目も集めた。まんざら悪い気もせず、なるほど話題作りのうまい人は、つねにこうした変化球で注目を浴びているのか、などと妙なところで感心したりして楽しんだ。

覚悟などという大層な言葉は、もともとわたしの辞書にはなかったが、切り捨ててしまえばいいものを、まだまだ身につけているらしい。

母が老いの道を突っ走ってくれているおかげで、おぼろげながら見えるものがある。シンプルになること、身軽になることが、結局は生きやすいことなのかもしれない。

最後に、『ふたりごころ』という書名についてひと言つけ加えれば、自分ひとりに閉じこもってゆくこころの世界を「ひとり心《ごころ》」といい、相手に向かってなにごとかを伝えたい気持ちが「ふたり情《ごころ》」なのだそうだ。ある言葉に共鳴するということは、その意味するところに倚《よ》っていることのあらわれなのだろうか。

天の穴

第五歌集　一九九五（平成七）年十一月発行（短歌新聞社）　50歳　（収録歌二七八首から五四首を選歌）

第五歌集の頃

一九九七年　高田宏氏と対談
十一月、埼玉新聞に連載した「樹木近景」を加筆・改題したエッセイ集『樹木巡礼』（北冬舎）刊行
一九九九年　『優雅に楽しむ短歌』（日東書院）刊行
二〇〇〇年　「ＮＨＫ短歌」四月号から「樹木を詠う」の連載を開始（二〇〇七年三月号まで）
＊一九九五年ころから石川県（アテの木）、和歌山県（椰の木）、山形県（爺杉）などを取材

平成六年の歌
創刊とはなにやらふつふつ心湧き「詞法」か「詞方」か「詞《ことば》」か迷う
（一九九四年「詞法」を佐藤信弘と共に創刊）

平成七年の歌
幾人《いくたり》か集まりひねる「五七五」下《しも》の七七から放たれて
（小高賢氏、大島史洋氏などと大宮盆栽村で句会を楽しんだ）

鬼薊

たましいの抜けたる櫟《くぬぎ》の一葉をのせてゆっくり水面《みなも》は動く

声持たず羽音もあらぬ秋茜　休息のしっぽが脈うっている

日溜まりに羽をかかげた虫たちが足を駆使してなにか諍《いさか》う

おさきにというように一樹色づけり池のほとりのしずけき桜

秋色の風に押されてサイダーの蓋が側溝にたどりつくまで

蝶番ゆるめて羽を前傾せるとんぼと誰やらは象徴詩人

わだかまる今日を跳ね返すごとくにもみずすましの脚水面を蹴る

やぶこうじ、からたちばなの赤い実が鳥に食われてみたいと言えり

極月に発《た》たねばならぬ種子のためねぼけまなこに酢をかけてやる

野の木

すこしあそばせてもらいます、近づくと木はこそばゆそうに頷く

しなやかにたおやかに木はしないつつ葉をおとすときくやしくないか
口あけて梢みおれどほほほほと揺れているだけなにも落ちてこぬ
鎌鼬棲む　さわれば磁気がありそうで近づけもせぬ楠の古木は
木にも位というものあらばおそらくは下っ端なるが挑むごと立つ
この木あの木そのむこうの木　どの影も影にためらいがある

青空には

茄子の花　大根の花　紫蘇の花　花はいつでも腐臭をまとう
青空には果てがないから気鬱な雲雀　気も狂えずに啼いてみてるが

恋文

包丁はすなわち凶器研ぎおけば異様に赤い西の空あり
立ち尽くす冬枯れの木が素手をもて今朝の日輪を支えておりぬ
決行は明日かあさってか　あるいは昨日　町を抜け出す機会を窺う

不可解　不機嫌　不要　不明　不穏　不当　不協和音　ふしだら　ふふふ

人に言うには形をなさぬが青空は青いばかりで能無し

雑木林春景

西向きの斜面は温気《うんき》ただよえり受精の後の梅の木の下

花と黒猫

隙間なくコンクリートに埋められて息もつけない仮名垣魯文の墓

白雲木

梢から梢をわたりゆく風のあまれるが下へむかいて吹ける

あなたと私

やせ我慢をしているのかとわが問えばわれの裡なるなにが頷く

瘤のある木が人を喰うはなしあながち不快というにもあらず

車窓から

杉の秀がなかぞらを指すためらわず中空を指す杉の針

人間が足でかためた道曲がりゆるくまがって起伏の妙は

送電線おおきくたわみ夕霧の奥へ吸われて行く先不明

大阪から四度《よたび》の雨にあいきしが四度《よど》目のつづきに東京はある

海のテーマ

しろがねの板のごときと見ていしに近づけば無数の不揃いの波

とがり屋根の上

三つめのトンネル四つめ五つめのトンネルがわれをねむりにさそう

片足をついて自転車を止まらせる少年を見てトンネルに入る

空　洞

修業とは己せばめて為すものか身丈あまりの横穴のなか

祈りとは一つの空洞　そこのみは音なく時なく色も香もなし

醍醐寺

床の間のうすい暗さがかもしだす寺の書院の昼の湿り気

涙は鼻のおくに

ようするに　誤魔化すな逃げるな気取るな　出口に向かうだけではないか

滅び

台風の去りて夕日に照らさるる蟬の透けたる羽の色をみよ

聞き耳をたてているのか猫の子が尾を太らせるブロック塀のうえ

ざらざらごつごつ

新しいことはなにやらざらざらでごつごつで濁点ばかり

天　球

自己主張持たざる波が人間のズックをぬらしひきかえしゆく

こきざみに動き続ける天球の一角にわれも彼もゆれいる

百万の針が天空からふりそそぎ平らかな海の面を刺せり

天の穴・風葬

何も言わずなにも答えぬ物体が無になるまでの風の通りみち

無というにはあまりに明るい石の上かつて密度濃い湿りでありき

ぎっしりと緊《し》まった空を口ごもりものの言えない月が彷徨う

ひずみ玉

繋がれて犬が日常に掘りいたる穴の底《そこい》が秋の日を浴ぶ

棒杭

棒杭が棒杭として影おとし頼むからこのさきは言わないでくれ

くすくすっと笑いがおこり　たちまち　痒さのように這い伝わりぬ

蛋白質と水分が主成分にてなるほど人間は涙を流す
日常となづけて時間をあそばせる神がおりたり背を斜に曲げて

葡萄園

パンジーとチューリップ咲きパンジーの黄チューリップの黄と同化せず
ゆるい傾斜のぶどう畑のむこうはるか、柔毛のような森が展がる

あとがき

たとえば、古い木の洞、寺の裏山にある横穴、ただの空っぽの箱でもいいが、何かで仕切られた空間というものが面白い。木の洞には五輪塔が祀られていたり、寺の横穴は修行の穴だったりする。何でもないただの空虚なものだとおもっていたものに、そうした意味を持たせてみると、かえって周りの空気よりも、もっと密度の濃いものを感じてしまう。

そういえば岩手県のほうには「天の穴」という所があると聞いたことがある。隠れキリシタンの里だということだ。もともとそんな地名だったのかもしれないが、隠れキリシタン達が付けたような気がする。とりとめのない天のなかにある一つの目印、あるいは昇天の目印であったかもしれない、と考えるとなかなか愉快だ。あるいは自分たちの存在をそう表現したのかもしれない。

　またたとえば雪国のかまくら。雪を固めて小さな空間を作る、つまり穴を掘る。そうすると内と外とは同じ空気なのに、まったく別の世界ができる。なにかで仕切るだけで別のものに変わってしまう、まるで化学反応のように。

　穴は、空虚なものではなくて、むしろ何もないゆえにかえって充実した空気が漂っている。

　子供が掘った穴にしても、植木を植えるために掘った穴にしても、掘られたときから、なにか不思議で神秘的だ。

　何もない、からっぽというものが、無意味でもなく、空虚でもない。わたしにはそれがたまらなくうれしいし、ありがたいと思うのだ。なんということはない、ただいいなあと思うだけだが。からっぽの空間を今は楽しんでいる。

一九九五年四月

一粒

第六歌集　二〇〇三（平成十五）年九月発行（砂子屋書房）　58歳　（収録歌三九九首から八〇首を選歌）

第六歌集の頃

二〇〇〇年　「西美を詠う」（国立西洋美術館、現代歌人協会等主催）に参加
二〇〇一年　六月、現代短歌文庫㉞『沖ななも歌集』（砂子屋書房）刊行
二〇〇二年　母逝去
二〇〇四年　一月、「個性」終刊。同年四月「詞法」を改め「熾」を創刊、代表となる
歌集『一粒』にて茨城県歌人協会賞受賞
＊この頃、北海道（松前の血脈桜）、青森県（林檎の木）、鹿児島県（蒲生の大樟）、山口県（結び伊吹）、島根県（伯耆の大椎）、沖縄県（サキシマスオウ）、新潟県（将軍杉）、岐阜県（治郎兵衛イチイ）、などを取材

平成十四年の歌

桜《はな》の下で霊柩車停まりつかのまを最後の花見との心遣いか
（三月に母が亡くなった）

平成十五年の歌

手を伸ばせば書棚もテレビも仏壇も窓にも届くミクロコスモス　（家を新築した）

無数の腕

木枯らしになぶられおりしユーカリの葉が宵の間に力を抜けり

廊下ゆく靴からおちる黒土を遠世のものとふと思い見つ

捨て身とはこのことならんつぎつぎと身を捨つる葉は根の元による

なかぞらに蒔き散らしたる柿の実と見れば細枝に繋がるるらし

桑の木がにぎりこぶしをつき出して黒土の上に怒りを噴けり

谷間《たにあい》に日のさすときに蜘蛛の巣のちぎれしも飛ぶひかりつつ飛ぶ

だらだら坂

「孤独」という言葉を作ったときからだ人間に孤独が始まったのは

あかんぼの唾液のように垂れさがる細枝がさみしい花をこぼせり

行乞のたまものとして掌に受くる花の芯からこぼれし一粒《いちりゅう》

自画像

すきっ歯の間を空気が通るとき後半生がみょうにさみしい

青葉時雨

放たれてひとりになればほのかにも明るむらしきわれのこころは

火生三昧

ぴしぴしと音たてて火は燃え上がり一心不乱とは　ああこのことか

動く

落下する水の力は飛び跳ねる力を与う静止の水に

接点がいさぎよく次へゆずりつつゴムまりは川へ飛び込みにけり

上腕が動きて肘がひきずられ順に指まで伝わるちから

風にあらがう

カーブする電車は窓をひからせて体を伸ばすごとくにしたり

三枚におろされて届く鯛の身のもはや観念している目玉

この鯛は無病息災に生きこしにこうしてわれの口に入りたる

はるさめはお湯にひたればひとたまりもなくて自白をするごとく透く

かたち

トンネルの出口のアーチが入り口の輪のなかにおさまるわれの行く手は

中仙道の冬の欅は麻姑《まこ》の爪かゆいところを掻いてもらいに

握りいし氷がいつしか融けているそんな思いに年を越したり

静かなる流れなりしが曲がるとき川の水にも凹凸がある

イチモンジセセリ

かげろうのごときと譬えにひきだされフタバカゲロウ水辺をとべり

〈西どっち〉聞いてどうするということもないことをする昔子供は

青澄む

蠟石で書かれし線画を跨ぎゆく白毫寺へつづく細い坂道

ぼんやりと色を沈めて見えている池をへだつる遠見の桜

結界を分つか遮断機おりていて桜並木に差す夕日光《ゆうひかげ》

地上　地中

見えざれどいのちあるべし根のあるべし見えざるものにいのちあるべし

洞窟をのぞきておれば暗闇は光をひきずりこむごと明る

谷の奥へ奥へと入ればなお奥がある奥の奥の奥

雨くもり晴れ

湯のなかで助けあいつつ掌が一枚の皿を清浄にせり

手のなかの一本の指がぬきんでて壁のぽっちに圧力加う

不平不満が口つくころにお開きとなして幹事の使命は終わる

晴れくもり、雨のち晴れのくりかえしわが死後も晴れ雨くもり晴れ

「完全なる死」を演じいる白い骨たまらないほど人間である

石の下に眠るひとりと雑草を抜くひとりとがわれの二親

飛び石を飛ぶようにして病からも死からものがれてきしにあらずや

祭り太鼓聞こえて坂の半ばから早足となるわれの少女期

これは誰の夢のかたちかはなびらの一枚いちまいむらさきの薔薇

今朝の水仙

靴底に踏みつけられている石がわれより長く在るは理不尽

命なき石の面《おもて》のごつごつの無愛想なるが道に敷かれて

北浦和　南浦和　西浦和　東浦和　武蔵浦和　中浦和と無冠の浦和

「ああ、なんか　大人の恋がしたいね」ととっくに大人になってるふたり

おいそれとひきかえせないところまですでに来ていたチルチルとミチル

ひとつ火

草のさきにじっとしている蟷螂のおまえの冬は底なしだったか

縫い代を計算に入れなかったというような窮屈な会議が始まっている

ゆでたまご　しろくすべすべのゆでたまご　煩悩無限のこのゆでたまご

鬱の木

これ以上素直になれぬというほどに藤は力を抜きて垂れいる

白殺し

人の生《よ》の韓紅《からくれない》のいっときをあだになしたる春売る子らは

ちゅうねんの夢のけがれの白殺しなみだをながす価値などなくて

スパン　言葉をあそぶ

不覚にももらいなきする夕暮れに溺れていたり叙情の海に

飛べざれば歩けざれば魚となる飛び魚かなし飛ばんとしおり

太公望が手薬煉《てぐすね》引いて待っている天蚕糸《てぐす》の先の文王武王

黄泉比良坂

この世あの世は緩勾配でつながりて黄泉比良坂雨がしみこむ

静寂の壺

郭公の初音が聞こえふるふると一日が透明になる五月

あの石もこの石もそれも石のまま一生おわる石ころのまま

一脚の椅子が日溜りに置かれいてついにだあれも坐らなかった

右の手が断ち切った物を左手がつかみあげてるわれの左手

冬桜綸子《りんず》のように咲いていていて言葉がとぎれる午後のふたりは

寄り添えばなまあたたかき体温の伝わりてくる他人といえど

アメリカに行かん願いが突き出してとんがっているメリケン波止場

夢のつづき

春のいのち湧きあがりきて伸び上がり収拾つかぬいのちのきわみ

眠りからさめたる桃はふっくらと夢のつづきのように開きぬ

狐雨

レインコート陰干しにされいつまでも吊るされたまま迎える世紀末

踊子草　蒲公英　蓮華　白詰草　種ひそませていたりき柔土《つち》は
誰にでも朝は来るものと信じていた来ない朝が一生に一度ある
古寺　古刹　古木　古書　古酒　古都　古銭　なかで讃えられざる古老

夏の予感
手の中でわれてしまいしマグカップいつよりか罅の入りしを知らず

……ような
古代史のハザマにひそんでいたような蝶の番《つがい》が窓辺にとまる

少年のようなる阿修羅が正義感強かるゆえに魔類となりき

ふたごもり

偶数のあたたかみこそ愛《かな》しけれ二人ふたいろふた籠りはや

冬眠に入るかヤマネみずからを絶滅危惧種と知らず眠るか

鏡の向こう

差し出せばいいからいいからと手を振って鏡のむこうへ消えてしまった

鳥の吐息

波頭高くもたげて迫りくる温暖前線熱帯低気圧

月輪はただただ寡黙いかにても届かぬものはひたに恋しき

一滴の雫をたらすこともなく月はめぐりぬ軌道のうえを

うつうつと歩み来しとき空をゆく鳥の吐息か雨だれの音

まっすぐに行けねばたわむ現世《うつしよ》の彼も行人われも乞食《こつじき》

木枯らしが焼米坂をくだりゆき他界の匂いをふりまいている

あとがき

歌集を出そうと思い立ってから何年か過ぎてしまった。理由はなく、ただ怠慢なだけだった。しかし、昨年母が亡くなってこのへんで区切りをつけなければいけないと思い始めた。昨年から今年にかけて、否もおうもなく、やはりひとつの転機ではあるに違いないと思う。いや思わなければならない。

原稿をまとめるのに思いのほか時間がかかってしまった。どれほどの歩みだったか、迷いの多い時期だった。苦しい時期だった。しかし考えてみれば私の人生で迷いのない時期なんてなかった。

そんなわけで逡巡するばかりの作歌だったが、このへんでまとめておくことにする。

上梓にあたって、何年ものあいだ待ってくださった砂子屋書房の田村雅之さんにお礼申し上げたいと思います。ありがとうございました。「個性」の加藤克巳先生はじめ仲間の励ましも身にしみております。あわせてお礼申し上げたいとおもっております。

二〇〇三年六月

三つ栗

第七歌集　二〇〇七（平成十九）年二月発行（角川書店）　61歳　（収録歌四七六首から六二首を選歌）

第七歌集の頃

二〇〇五年　埼玉文化賞（芸術部門）を受賞

二〇〇八年　夏石番矢主催の「東京ポエトリーフェスティバル」に福島泰樹、辰巳泰子らと参加

＊この頃、三重県（椋本の大椋）、熊本県（下城の公孫樹）、長崎県（オガタマノキ）、大分県（日出《ひじ》の大蘇鉄）、香川県（琴平の大栴檀）などを取材

二〇〇八年　エッセイ集『神の木　民の木』（ＮＨＫ短歌「樹木を詠う」を改題）をＮＨＫ出版から刊行

平成十九年の歌

この先を地べたに住める権利とていくつかの書類に印鑑を押す
（借地だった小さな土地）

童顔の消えて初老のおとこおみな　誰《た》そ彼　彼《か》は誰　こそこそこそこそ
（四十七年ぶりの中学のクラス会）

I

月山へ

孤りですかと言わんばかりに郭公はしばらく啼きてふっとしずまる

月山の麓にしき鳴く呼子鳥母の耳にはついにとどかぬ

そこまでいけば鳥海山が見えますよその「そこまで」がとうとう行けず

やわらかき稜線の上に雲ありて死をつつみこむ月山縹渺《ひょうびょう》

蜻蛉《せいれい》の羽すきとおり透きとおりいつでも死ねると思うこのごろ

あえぎつつ登りきたれば天空はただのひとつも縫い目をもたぬ

夏のはにかみ

雨のあと虹に魅せられいし咎《とが》に傘の一本我から逃ぐる

焚く

百年の木の本性は燃えがたく燻り残る古幹一本

力尽き闇の重さに占めらるる牡丹焚火のうえの虚空は

坂の町・小樽

坂の町　暮れればすべりやすくなり明治の遺産で暮らす　港町

伊藤整の育ちしあたり　冬の海　夕波頭《ゆうなみがしら》風に歪めり

海沿いを

昨夜《よべ》からの吹雪につつまれ孤独なる特急北斗原野をはしる

砂浜をなんどもなんども撫でしのち海は陸地にかぶさりゆけり

種《しゅ》を集め枝に留まる黒い鳥さみしきならんみな西を向く

見沼冬景

冬の枝《え》に番《つがい》止まれりいつまでも啼かず動かず訴えもせず

返す刀で

テーブルのナイフとフォーク合戦を前にし沈思黙考しおり

水面に金魚の口の浮き上がりぽかんと娑婆の空気を吸えり

杉の吐息

文明と兎とが食いし水芥子「本日のランチ」の皿に残して

杉の木が吐息を吐けり春うらら関東平野はくしゃみに震え

さみしさも自死の理由になり得ると言う人の背後《せ》に冬枯れの景

あとずさり

水面にまず背骨からもりあがり目が出て鼻が出て河馬になる

車窓から

カーブとは見えねど車体傾けて走りつづけるしまんと5号

三角の〈猫の額〉も耕して大根植える小松菜植える

春の宵

ラ・フランスの弾力を掌にいただけばいまが食べごろいまが食べごろ

陽の石陰《いん》の石ある廃寺の日がかたむけばひといろになり

ひとひらも散らさぬ気迫の姥彼岸《うばひがん》桜細枝《ほそえ》の先に力を込めて

朝の日のさしくればいろのよみがえり老樹うっすら眼《まなこ》を開く

一杖加え

上醍醐へ向かう山道二本脚で足らねば一杖《いちじょう》加えて歩む

うるさい

「五月蝿い」は尤も至極青蝿のまとわりつけり五月朔日

あかんべをするようにして落ちていく今日の夕日は味方にならぬ

灯

氷塊が液体にもどるせつなさに嗚咽を漏らすことあらざるや

老いるとは費やしし時間《とき》人間は時間の前に平等なれば

岩が砂になりゆく過程　生命《いのち》にもどうでもいいやというときのある

II

右・左〈テーマ・境　境界〉

カーテンを境となして内と外ひらりめくれば風が「おさきに」

垂直の意志〈テーマ・扉〉

かたくなに開こうとせぬ扉《ドア》の前立ち尽くすだけの一日である

この世には開かずの扉があるというこのガラス戸がそれかもしれず

III

空き缶である

いっときを燃ゆるにまかせ燃え尽きていまふかぶかと眠りに入《い》る山

幼子につまみあげられ愛でらるる落ち葉の上に落ちたる枯葉

ヒト科を離る

桃太郎も一寸法師も金時も腕力だのみの英雄なりき

木を伐れば切り株残り切り株を掘れば掘ったで穴が残りぬ

みあげれば思いのほかに青深くあっけらかんと梅雨はあけたり

飛んでくる矢でも鉄砲でも萎え崩る女子学生の会話の中身

人待ちおれば

記憶からこぼれてしまいし男たちかげろうのなかに湧くときのあり

明日なき魚

素裸で生《うま》れこしわれ丸裸で死にゆくことの不思議にもあらず

回路

立ち話のあわいぬすみて雄犬と雌犬さっと鼻つきあわす

生まれたし生まれたしとて生まれこしわれにあらずや生きん生くべし

逆さ睫毛

雌蕊《しべ》だけを残して百合の散りゆけり討死したる家臣のごとく

夜を引きよす

これやこの最後の熟睡《うまい》と思うまで身じろぎもせぬ茶髪壮漢《おのこ》は

開封もせぬままほいと捨てらるる袋の中身と同価値のきょう

水槽にいのちふたつ三《み》つ泳ぎおり人楽しますます使命をおびて

勝ち栗

無防備な生き方をするわれの前てらいもなく在《あ》る老無患子《むくろじ》は

われに母あれば早々に帰りゆくごめんくだされ母上大事

幻覚

目をつむりまぶたを閉じてみゆるもの　みえざるものが見ゆる脳髄

棲み分け

死に近き母がさかんに摑まんと伸ばす腕《かいな》の先にあるもの

わずかな差といえども水面《みなも》の上と下魚棲む鳥棲む棲み分けをして

なめらかな死

母の靴母のパラソル母の母の　すみずみまで母は息づきおりぬ

母の声母の吐息の伝え来る　とろりとすべるなめらかな　死

かの日以降

ねがえりをうちたるようにこの世からいなくなりたりふいに一人が

写しゑの母の面持ち日によりて変わることあると思えど言わず

父を送り母を送りて軽くなりし肩を川風になぶらせている

陸橋の下なる骨の組みあわせ人見ぬところで力みておりぬ

四《し》の五のと言っても始まらぬ人生を一気に変えるか朝の占い

あとがき

二〇〇四年にそれまで所属していた「個性」が終刊になった。その少し前に母が亡くなった。そんなことで周りの空気が薄くなったような気がしていたが、その後「熾」を創刊し、いま少しずつ足が地についてきたように思う。空虚感がなくなったわけではないが、ともかく前に進まなければ始まらない。この歌集はそれより以前の作品ということになる。

「三つ栗」とは毬《いが》のなかに栗が三つ入っている時の、真ん中の栗のこと。間にはさまっている栗はうまく育っていないとも言えるが、美味しいという地方もあって、どちらなのかよくわからない。正反対の意味があるというのも面白い。また「三つ栗の」といえば枕詞で「中」にかかる。しばしば例に引かれるのは古事記の「上枝は鳥居枯らし　下

枝は人取り枯らし　三つ栗の　中つ枝の　ほつもり　赤ら嬢子を　いざささば　良らしな」。上枝は鳥が止まって枯らし下枝は人間が取ってしまう。しかし中の枝にはまだ蕾がついているという場面だ。なんだかこれも暖かい。

角川書店創立六十周年の叢書に加えていただいたこと、また山口十八良さんにたいへんお世話になったこと、斬新な装幀を考えて下さった伊藤鑛治さんにもあわせて有難く、お礼もうしあげます。

二〇〇六年九月二十四日

木

第八歌集　二〇〇九（平成二十一）年八月発行（短歌新聞社／新現代歌人叢書⑳）63歳
（収録歌四三二首から五六首を選歌）

第八歌集の頃

二〇一〇年　埼玉県歌人会賞受賞
十月、古河文学館で「沖ななも展」開催
二〇一一年『今からはじめる短歌入門』（飯塚書店）刊
二〇一二年　エッセイ集『季節の楽章』（本阿弥書店）刊
二〇一三年　エッセイ集『明日へつなぐ言葉』（北冬舎）刊
「さいたま市　子ども短歌」選考委員

平成二十一年の歌
洋装も和装も堪能して明子こだわりもなく旧姓を捨つ　（姪の結婚式）
平成二十二年の歌
九十四年を歌三昧の朝夕になすべきことは為して逝きけん　（加藤克巳先生逝去）

I

負けるたび負けるたんびにはがされて丸裸なるばくちの木とぞ

博打の木　風祭

りんかくをあいまいにして花咲けりあいまいなるがよいこともある

桜　大宮公園

位《くらい》から言えば上位のこの松の時代おくれの古武士の様《さま》に

一つ松　小石川後楽園

榧として在りし千年はいかばかり折れ枝枯れ枝破れ目も見せ

榧　稲城

春山の霞男のためいきに花粉とびかう田にも庭にも

枝垂れ桜　金剛寺

ひとひらの掌《てのひら》ほどの落葉《らくよう》をひろいて書かんひそかな文を

多羅葉　慈光寺

雨の予兆の雲に背中を押されつつ爪先あがりに椪を見に行く

椪　萩日吉神社

孤高とはこのことならん両腕を広げて立てりイエスのごとく

同

もっこくは媚びざる大樹直《す》ぐたちて揺れず曲がらず不機嫌でもなく

木斛　佐倉城

畑土のやわらかみこそたのしけれ桑の大樹のつくる日かげの

薄根の大桑　沼田

おかいこを育むことをやめし木が鳥を養う人間《ひと》を養う

同

老木が子供を呑むという話五十猛命《いたけるのみこと》のしわざかも知れぬ

樟　来宮神社

神となるまでの年月神となりてのちの年月いずれが長き

同

はなびらの内側《うち》にひとすじ紅を刷く白ひといろと思う木蓮

白木蓮　高長寺

あまんじて受けんこの日の青葉雨天使の号泣滂沱の涙

千歳の藤　大日堂

誰も来ぬ誰も寄らぬとおこたりて老いたる藤は襤褸をまとう

同

現世《うつつよ》のことなれ「ついに」「そのとき」というときがある木にも人にも

大楡　楡山神社

木漏れ日を擬態となして鹿子木《かごのき》は秋の光をすべらせている

鹿子木　多和目天神

槻木《つきのき》の鳴くとしみれば何鳥か影の出入《いでい》る声のはじけて

欅　土屋神社

槻の木はなりふりかまわぬという風情枯れたる枝を空に誇れり

同

竹の節ひとつひとつが抱きいる寂なるものを誰も乱すな

竹　報国寺

たのしまん偕《みな》楽しまんとて集うなり二《に》分咲《ぶ》あり五《ご》分咲《ぶ》あり梅たのしまん

梅　偕楽園

志とはかかる白さか一本の枝のかかぐるつぼみのほつれ

同

さみだれの一日過ぎて白雲木晴れんとしつつ雫をたらす

白雲木　浄智寺

根もあらずあられもあらぬ寝すがたの老いたる藤の幹のよじれの
根無しの藤　大中寺

寒蟬《かんせん》と蟪蛄《けいこ》の声のもつれつつ縒《よ》りつつ垂《しず》る樹叢奥処は
樹叢　鹿島神宮

日を背負う辛夷は白を滅《めっ》したり三月の空に光吸われて
辛夷　五島美術館

五百年実をはぐくみてきし茱萸に文化勲章授くるもなく
茱萸　つくば市

一本の字降松《かなふりまつ》の愛《かな》しけれ電子辞書なき若き学徒に
楷　足利学校

秀《ほ》つ枝《え》　下枝《しずえ》　小枝《さえだ》　鴨枝《かもえだ》　力枝《ちからえだ》うちかさなりて幹を隠せり

榧　石田寺

千年の大榧空を引き寄せて若夏青き光をこぼす

同

もう少しまだまだと眺めいるうちに花は一気に滅びへ向かう

枝垂れ桜　玉蔵院

直立《すぐた》ちのあけぼのすぎの裸木の投網にかかる夕の太陽

曙杉　別所沼公園

若き葉は初夏の光を透かしつつああここからが一生《ひとよ》のはじまり

犬桜　浅間山公園

古槻《ふるつき》の歯のない口からこぼれくる昔話を聞いてあげよう
欅　諏訪神社

天神の牛の頭撫《ず》でて神妙に「あたまがよくなりますように」
梅　曾我梅林

みあげればふっと一つの花こぼる地にも居場所のあるかのように
八重藤　笠間稲荷

II

どこにでもありし九年母八十年たちてどこにもあらぬ九年母
九年母《くねんぼ》　橋田東聲生家

幼木が花もつけずにある庭を梅雨に入りゆく雨が打ちおり

李　原阿佐緒生家

宝徳寺の風ばかりなる境内に檜葉の高木《たかぎ》は風を呼びこむ

檜葉《ひば》　石川啄木　宝徳寺

竹邑《たけむら》に吹く風　畑に吹く風のそよろと寒し節《たかし》の家は

菩提樹　長塚節生家と光明寺

命あれば今年も芽吹き花咲かすあるが力のままに生きんか

唐桃《からもも》　今井邦子生家

もう一度出直して来いというようにつぼみは固く古城のこぶし

辛夷　吉野秀雄　高崎城跡

III

やや太き左を媼というらしも人も樹木も女はふとる

諏訪神社の翁杉媼杉　福島県

国を統《す》べる大寺《おおでら》の庭にそびえたつ公孫樹《いちょう》も肩肘張りて生きこし

飛驒国分寺の公孫樹　岐阜県

太幹を目にてたどればふくふくと枝のあわいに空をいだけり

高千穂神社の秩父杉　宮崎県

片足をそっと持ち上げおもむろに小さき川をまたぐ欅は

柏原《かいばら》　木の根橋　兵庫県

昼過ぎからうすき日の射し飛行機の手もと灯りのような親しさ

三面椿　岩手県

名を問わば「自由の女神」というならんすっくと立ちて天を指す樅

華蔵寺の樅　岩手県

独りとは静かにあること一人とは孤に耐えること風の音鋭《と》き

雲南桜　岩手県

雲南様祀りて民は田を頼む畑たのむと日々手をあわす

同

みちのくの王たる杉の矜持にて左の腕のいたでを隠す

三陸大王杉　岩手県

隙《すき》あると見ればこの樟どことなく身をもちくずす相にてありぬ

川古の樟　佐賀県

家付きの娘の自慢をするように女主《おんなあるじ》はほほと笑えり

菰野の椿　三重県

蔓の先たどれば梢にかくれたる　ジャックの豆の木はこんなだろうか

藤波神社の藤　富山県

度々は来るなと言いたげ生《き》のままの無愛想なる古老の栃の

日陰の栃　山梨県

あとがき

身近な人たちと月に一度、関東周辺の樹木を見に行って即詠をするという集まりを持っている。それも八年ほどになったのでこのへんで纏めておきたいと思い、それを〔Ⅰ〕とした。

〔Ⅱ〕は、「歌壇」に「故郷考」を執筆したさい、何人かの近代歌人の生家を訪ねた。近代歌人にはその人にちなんだ樹木があった。生家にある場合も、周辺に在ることもあった。ゆかりの歌人たちに思いを馳せながら、そのとき詠んでおいた歌である。

〔Ⅲ〕はＮＨＫ出版の「ＮＨＫ歌壇」に「樹木を詠う」（後に『神の木　民の木』として上梓）を連載したさい、取材の木の他に近隣の樹木に出会うこともあったので、それらも詠った。また『神の木　民の木』上梓後に出会った樹木も何本か入っている。

そんなわけでかなり長い期間の作品ということになり、他の歌集に入れたものが一、二首入っている。

木に出会うのは楽しいいし、仲間と訪れる機会が作歌のチャンスになったのはうれしいことであった。

木の名前にはなかなか面白いものがある。漢字で表記すると命名の妙がわかるものもある。しかし同じ植物でも幾つかの表記を持つものもあれば、同じ表記で違う植物をさす場合もあって難しいのだが、おおむね漢字で表記したいと思った。

今回の短歌新聞社の企画に参加させていただくにあたり、木の歌だけを集めてみた。特殊な歌集になったかもしれないが、一つの記録のつもりである。こんなに木を集中的に詠うことは今後はもう無いだろうと思う。

この企画に加えてくださった短歌新聞社にお礼もうしあげたい。あわせて担当の今泉洋子さんにもお世話になりました。ありがとうございました。

二〇〇九年　花まつりの日に

白湯

第九歌集　二〇一五（平成二十七）年九月発行（北冬舎）　69歳　（収録歌五一九首から一〇九首を選歌）

第九歌集の頃

二〇一五年　『埼玉地名ぶらり詠み歩き』（さきたま出版会）刊

この年より「四国巡礼」を始める（経路を分割して複数年での完歩を目指す）

平成二十六年の歌

雪のなかを小高賢氏は去《い》ねぎわにふと振り返ることなかりしか

（小高賢氏急逝）

平成二十七年の歌

一日に数える四万八千歩明日は帰るという日の気張り

（何度かに分けて四国巡礼をしている）

一

木のつごう

植え替えて根付きはじむる槇の木の新葉《にいは》古葉の陰に憩えり

木には木のつごうがありてこの年は芽吹かぬと腹括りたるらし

ホモサピエンス

父母《ちちはは》は生涯に二度家を建つ何押し立つるこころざしなる

無聊サンプルさしあげますとマヌカンのけだるき声が耳をかすめる

すこやかにわが身やしなうヨーグルト　豆腐　白米　北アルプスの水

花粉症　ヘルペス　アトピー　業病をうみつづけいるホモサピエンス

生あるもの

おきうとは夕凪の味　舌の上《え》にひったりと乗りゆるく広がる

死にたれば針も刃《やいば》も恐れざる烏賊が俎上に身《からだ》を伸ばす

一撃の鰤起こしふいに鳴る夜半《やはん》鳥よ翼をゆるめるなかれ

茹でたての甲羅をぐいとはがすとき吹雪きはじめる北陸がある

うつつ

日にぬくむベンチに老いは金輪際立つことはないというごとく坐《い》る

老人といわるる男うつつより一寸ほどの外周におり

痩身をさらして猫が歩みおり髭から尾まで猫であります

言いたいことがあらば述べよ擦り寄りて上目づかいにわれをみる猫

よごれ

何万の細胞死なせ生きて来《こ》し二万一千九百十五日目前《もくぜん》

くずおれて床に臥すときワックスの塗りそこねたる荒涼が見ゆ

立入禁止　入ってはいけません　入らないでください　命令は懇願となる

大根も布団も豆もばあさんも干されて棚田の秋はぬくとし

花と雷

大いなる饗宴ののち草木《そうもく》の蘇るべし甘雨となんいう

日ぐらし

よりかかるところを探し背をもたすしこうしてわれの今日はありたり

自転車によりかかられて槻木《つきのき》のすこしく機嫌を損ねるらしき

父も母もましてや祖父母も世にあらずあられまじりの雨を見ており

ほってりと微熱のつづく春の夜この家《や》に体温を持つものひとり

羊など数えぬうちに迷い込むなにやら冥き眠りの道に

宮澤賢治が歩いて来ると見ていしがふいと屈みて石を拾えり

母の翼

否応なき二里の歩行が精神の鬱を晴らすということのあり

錠剤をふたつに割りて呑まんとすおそれつつ呑むその半分を

二

天寿

耳うとき母のしぐさや三毛猫のふりかえるときのたゆきまばたき

どことなく形くずれて桐咲けりほうと息はく坂の半ばに

雑草も意地を見せたり指をもて引かんとするに根までは抜かせず

となり家の屋根にかぶさる曇天とみあげればわが家《いえ》にもかかる

一生に一度

その顔で生きてゆかねばならぬかと水面《みなも》にうかぶ蝦蟇の子を見つ

一生に一度は死ねる人間と同じ権利を持てり蚯蚓も

親が子を殺しこどもが親を殺す通りがかりにも殺すこの国

水

天つ水　真水　湧き水　細水《さざれみず》　ことにうれしき復水《おちみず》となん

湧きいでてあふれ流れてとどまらぬ水追うこともあらざり今は

幽明

目的は歩くことにほかならず歩かんために歩く人たち

身周《みめぐ》りの大気となりし母のため香焚くならい朝な夕なに

門の辺にともす盆の灯厳として幽明分かつわれと母との

父の墓母の墓との区別なく一対の花一対の香《こう》

和服一枚縫い目開きてほどきゆく母の手わざを逐一たどり

身の嵩

スーパーの袋をさげて歩み来る敵将の首を下ぐるごとくに

うつしみ

人生はなどと声高に言いかけてしたり顔せるわれかと思う

摑みどころ見つからぬまま蔓どうしからみはじむる郁子《むべ》も通草《あけび》も

ひまわりは泣くかと幼児《こども》に聞かれたりそうさひまわりも泣くときは泣く

目をつぶる終日ひたと目をつぶる見るべきものを見たるか彼は

三

自《じ》然《ねん》

自然《じねん》なる音はよからん風の音　瀬音　波音　赤子泣くこえ

デパートの帽子売り場の婦人帽主《あるじ》とたのむつむりをさがす

何事もなき

去るものは追わずさりとてボールペン　ケータイ　眼鏡　財布おまえもか

見沼・秩父

蔓を伸ばし花もさかせて郁子《むべ》の木の一心不乱の春の進軍

大地には余白はあらずきんぽうげじしばりいぬむぎすずめのてっぽう

日《にち》日《にち》

知りません忘れましたという顔に猫が垣根をくぐりて去りぬ

二階から一階へ降り無為にしてとってかえせり日に二度三度

ポケットをさぐれば細かい砂に触るどこの砂とも知れぬ白砂

フルネーム生年月日をうちあけて燃える血潮を採られており

さりながら独りは一人の行く道あり食う寝る自由死ぬるも勝手

死にたくはないが生きるのもめんどうとうそぶく毬《いが》のぱかりと割れて

春

枯枝《かれえだ》に枯枝《かれえ》のごとき鳥わたり声もあげなくしばしを居りぬ

朝市に土筆並べて売るおうな春の女神はかく皺ばめる

春の魚《うお》一気に裂けば緊密な生《しょう》一式の臓器詰まれり

ふつう

酸味あるいちごのつぶをひとつずつ口に運べりたがわず口へ

地獄へは持っていけないチョコレート思う存分食む現世《うつしよ》の

男来て「ふつうのブレンド」と注文す「ふつうの人生」歩み来しならん

コスモスは放っておいても咲きますと言われて植えぬほうっておかん

縁《えにし》

どうしろと言うのかこの犬どこまでもあとついてくる頭《ず》を撫でしかば

ついてきてもどうにもならぬと叱りたればそれでもいいという目をしたり

わが肩に来て止まりたるひとつ蝶これも縁《えにし》と歩をゆるませる

四

蛾族

牡丹雪降り始めしがたびら雪粉雪《こゆき》に変わる一晩かけて

考えて考えて流れはじめたり三和土《たたき》に垂れし傘のしずくが

どことなくわれをくすぐるオノマトペお肌すべすべ血液さらさら

削除してもよろしいですかと慇懃に問いきしが消したものは返さず

日だまり

左手に風あり右手に空《くう》があり何もあらねと言うにはあらず

こんなところにこんな家があったかと散歩の帰路にまたふりあおぐ

公園にベンチのあればゆるゆると吾より先に影がちかづく

「またおいで」空《から》の鞦韆がつぶやけり立ち去らんとて振り向くときに

ひとびと

「戦争を知らぬ子供」が親となり子供殺せり手段を問わず

私は、わたしはと言いて言いよどむ私とは誰だ　誰だわたしは

子供づれ女づれなることばあり親づれ男づれとは言わず

空《から》のままのぼりてきたるエレベーター「満員」点灯して凱旋す

独り

くさむらゆカサッと音して羽くろきひとついのちのとびたちゆけり

おとといもさきおとといも一人にてあすもあさってもも独りにあらん

そそりたつ東京タワーの脚脛《あしすね》のなみだぐましもかく尽瘁《じんすい》す

〈神経は死んでいます〉と歯科医師は告げたりわれの初めての死を

三・五秒

カーブミラーにうつりし顔が我がものと気づくまでの間《ま》三・五秒

笑いつつ順不同だよと言いのこし逝きてしまえり振り返らずに

五

やさしき時間《とき》

ひとりという充足にありバス一台やりすごしつつ茜空見つ

ともどもに傘をつぼめて入りゆける一壺のなかのたのしみをせり

五月の闇

遠くより近づききたる足音がまた遠のきて　さみしさ深む

風ばかり

あの人もかの人もすでに世にあらずわが過ぎ行きは風ばかりなる

原っぱに独りとり残されている夢の景なるあるいはうつつ

明日

人知れず幹の内部を流れいる樹液のごときかなしみもある

日傘にも雨傘にもする六月のある日綾《あや》なす午前と午後の

糊代《のりしろ》のあらぬ一日《ひとひ》の過ぎんとし洗濯物が夜気《やき》をまとえり

明日とはあしたになれば明後日《あさって》でついに摑めぬものの一つか

半生

手のひらに受けたる水が指の間をこぼるるときのあのせつなさの

つきつめて思えば断念の半生ぞほっとりとして月明かり射す

ある朝

石蹴りをする子の足のあたりよりおとろえはじむ晩夏のひかり

ぽってりとゆめのたまごのような白、朴は宝珠のつぼみを抱く

くちびるにとりにがしたる一しずくまっさかさまに引力に向く

白銅青銅ニッケル黄銅アルミニウム徒党を組むわが小銭入れ

かにかくに「金は天下のまわりもの」ときには素通りすることもある

新聞は死亡欄から読み始め「死ぬのはいつも他人」の気分

つれづれ

二十五度に設定すれば二十五度めざして羽搏き始むるエアコン

雲の縁《ふち》輝かせつつおもむろに傾きゆけるきょうの日輪

ひだる神

もっちりと寄り添いて来るひだる神五臓のつかれをともないてくる

つくづく

わがなづき羊の群れは渡りゆき明け至るころしんがりが過ぐ

確実に「残り」の量《かさ》を示しつつ砂時計の砂すみやかに落つ

笑い皺が本皺となるこのごろの鏡の中の人のつくづく

相好をくずさぬ祖《おや》の居並べる白黒写真一枚のある

あとがき

歌集『三つ栗』を上梓してから八年余、収録する短歌としては十年以上経ってしまった。母が亡くなり、所属していた「個性」が終刊となり、それに伴って「熾」を創刊した。そして師である加藤克巳が亡くなった。また親しい友人も何人か亡くなったりした。

この間、木の歌ばかりを集めた歌集や入門書を出したり、エッセイ集『神の木 民の木』『季節の楽章』『明日へつなぐ言葉』『埼玉・地名ぶらり詠み歩き』を上梓したりしていた。これらは何年間か、どこかに連載していたもので、それぞれが纏まりをみせる時期にあたっていたこともある。そんなこともあって、本筋の歌集を上梓することにきわめて怠惰でいたと思う。

ようやく本気で歌集を出版することになり、あまりに纏まりがつかなかったので、二冊に分けることにした。本歌集『白湯』がその上巻で、引き続いて刊行する『日和』がその下巻という趣になる。

母が亡くなってからの十年、わたしの考え方感じ方が少し変わったように思う。肩の力が抜けたというか、日常の生活が大事だと思い始めた。凝った味付けではなく、白湯の味わいを好むような日常になったということかもしれない。あるいはこれが老いなのかもしれないと思うが、それも受け入れようという気持ちになった。

歌集出版にあたり、北冬舎の柳下和久さんにあれこれお世話になったことを記して感謝を申し上げたい。また、装丁の大原信泉さん、校正の尾澤孝さんにもお礼申し上げたい。

二〇一五年　盛夏

日和

第十歌集　二〇一六（平成二十八）年五月発行（北冬舎）　70歳　（収録歌五二七首から九九首を選歌）

第十歌集の頃

二〇二〇年　八月、兄・宜夫逝去
九月、評論『全円の歌人　大西民子論』刊（角川書店）
この年から埼玉県歌人会会長
二〇二二年　十一月、埼玉県教育功労賞者（芸術・文化に貢献）として表彰される
二〇二三年　現代歌人協会常任理事退任
「熾」二十周年を迎える

平成二十八年の歌
こんなにも君の命はつきすすみ生《あ》れむ力はその日を待たず
（甥の子、優希　予定より早く誕生）

平成二十九年の歌
俎板の鯉に情《こころ》を寄せながら腹の底までさぐられている
（はじめて大腸の検査をした）

一

電線の仕事

日ごと日ごと土かわきゆく鉢のあり土も苦しき鉢も苦しき

電線の仕事ぞこれも朝ごとに雀止まらす鴉止まらす

思いの丈ぶちまけるような文を書くゆめなるわれは一心不乱

道にある石ころ一つ蹴りゆける秋の憂いのようなる石を

朝は長　昼半　夜に入りて七分　十月のある日の袖のことなる

身をまもるすべ

なに鳥か来ているならん窓の外の枝こきざみに揺れ始めたり

胃カメラは年齢相応を映し出す化粧も整形もとどかぬところ

真顔なる水仙一本咲きはじむ財かたむきて去りし人の家

熱

母が来て幼き頃の友が来て何か言いつつゆっくりと消ゆ

こんなところに

いまは雪いまは冬晴れ今いまを重ねていつか死ぬべくありぬ

こんなところに融《と》け残りいる雪があり運動靴のつまさきで蹴る

「ココア」と頼めばオレもという落葉　濡れてもおらぬがややしめっぽい

板と板が離れぬように身を賭して役目を全うしたるこの釘

ごみ

側溝のすきまゆいでて咲ける花おのれのありようを知っているのか

まいまいの殻が微風にころがりぬさみしいと言う相手もおらず

玄関の鍵二つ開けただいまと声にして言う母亡きのちも

こんな日は鍋にかぎると母言いきそうこんな日は母思い出す

会ってからのあれやこれやを想像し会えばどれともちがうなりゆき

　そのとき

一人にはやや広すぎる机にて書く読む食べるうつ伏せに寝る

西の日が店の奥まで入り来て照らすところに猫まるまれり

明るい森

鈴生《すずな》りとはこれのことかと見上げいる柿が鈴生り音はせねども

木枯らしの音する夕べに亡き母は帰りきてわれを叱咤すらんか

夢の中の母は薄着で饒舌で菜の花のような耳たぶなりき

従順

高きから低きへ流るかにかくに川の水ばかりにはあらざれば

早すぎたかと待ち合わせ場所に佇めば早すぎちゃってと笑顔が近づく

暗くならば灯る門灯くもり日の天に従順早々ともる

一人とはこんなにすべらスリッパが窓際に片方風呂場に片方

いつまでも

目覚ましの鳴る前に目覚める習慣のいつか目覚めぬ日の来るまでは

よぎりゆき振り向きざまに野良《のら》猫が言う霊長類かおまえごときが

葉を落とし落としつくして冬の木の仏陀のあばらのごとき夕暮れ

パッチン留め

触感の痛い痒いのほかならんくすぐったくてくすぐったくて

本能というかたまりをだっこしておーよしよしと言いてゆすぶる

二

領　域

どこまでが人の領域どこからが神の領域　弥生十一日

みずからが発熱をする金属の暴走を止める手立てもなくて

さきゆき

メルトダウン　ベクレル　セシウム　生涯に知らずともよき言葉なりしが

福島のあっけらかんと青い空なるほどおまえに責任はない

見えないから怖いねという女たちのさきゆきのこと放射能のこと

祖

われも一度「赤ちゃん」と呼ばれしことのある、とは思えない皺の寄りよう

天の論理

体重をかけて押さえて蓋をするそんな人生もあることはある

ひょっとこのような顔して歩む子と目が合うときのわれもひょっとこ

寄り掛かるところを探し寄り掛かるあなたでないかもしれない何か

馬鈴薯はレイアンショに保存しろという霊の保存にも適しています

エアータオルの噴き出し口に掌《てのひら》を開きぬ何か戴くかたち

大公の孫

紅葉《もみじ》の葉浮き沈みつつ底に落つおちつくところにおちつきゆくか

生きる

ひじりこを割りて雑草の芽の出ずる生きるとはそも一本勝負

みずからのライトにみずからの行く先を照らしつつバイク一台行けり

三

わが骨

ただいまと言えば家内《やぬち》に何やらが動けりおまえもさみしかったか

何気なく履くスリッパにどことのう右ひだりありて履き替えている

母の話、父の話にわずかずつ齟齬あり兄妹といえども

冷凍の魚を冷凍庫から移し梅根性の弱るのを待つ

脇正面

一歳のときを憶えているというろくでもなしが恋人である

正面と脇の正面という配置あり脇正面に坐るしばらく

いつからかどこからかきてここにある朴の枯葉に行くところなく

春うらら

二十四時間無言で通す日のありて寝る前にあーと一声発す

もみじとも枯色ともつかぬ葉をいだき年を越したり落葉の木々

平等というのはこれか牛も虫も草木も盗人《ぬすっと》も放射能浴ぶ

跳ね上がる紙を押さえるのが役目ついに飛びたてぬ鉄の水鳥

屋久島

木と岩が抱き合うように生きているおそらく苦しさを超えたのだろう

たやすくは梢を見せぬ杉どちの矜持が光をこぼしてみせる

札所八十八分の二

地の果てるきわのましたの洞窟に虚空蔵求聞持法成る

爪を切る

秋の日の上昇気流にまかれゆく翼《よく》もつもののもせつなかるべし

さしあたり死に目にあいたき父母おらず明かりのしたで爪を切りおり

御厨人窟

冬天を指す

戦争を知らざるは幸　戦争を起こさぬは賢　師走八日の

十二月三十一日うしろでに扉を閉めるごとくにいたり

空を見よ頭《かしら》を上げよ興福寺の五重塔は冬天を指す

あおによし奈良の大仏その視野に入らんとして膝近く寄る

四

深夜の秒針

こんなところに西の日が射すと思いつつ角を曲がれり豆腐屋の角

どの靴を履こうか扉あけてみるどこにも行きたくない靴の顔

生きている証にナスカ人が掘っていし地上絵のごとき畑畝

息つめて深夜の秒針見ておりぬ地球の鼓動を測るごとくに

火の力

原始、火は神なりしかば迦具土神《かぐつち》の突発性精神分裂

羊の毛ぬぎて水鳥の毛のなかにもぐりぬ朝まで眠らんために

新玉葱

よろこびは新玉葱のこの甘さ　ノードレッシング、ノーマヨネーズ

昆虫の屍骸《むくろ》を運ぶ蟻たちにも夕暮れが来る朝明けがくる

ふつふつと

イタリアのワインはドイツにまさるとぞイタリア生れのドイツ人言う

万歩計

何にでも区別があるのをこの世という「燃えるゴミの日」「燃えないゴミの日」

万歩計をポケットに入れて歩き出す用なき歩みは人間のもの

ブロックに小さき穴ありその中にうごめくものあり覗く人あり

ひとり

石を蹴ればおのれの爪先痛からむ学校帰りの子の孤独さは

さといもはやわらかく烏賊はほっこりと煮えて一人もわるくはないか

海辺のアトム

檜葉《ひば》の木の角を曲がれば西日射し過去世というは戻れぬ地平

古椅子

古椅子がせっぱつまったこえを出す吾《わ》が坐る時われが立つとき

運命

一本の髪の毛が顔にまといつくそんな思いの一日があり

むさぼる

知らされず知らざるわが無知　事おきてメルトダウンなる言葉を知りき

甘酒におろし生姜を入れて飲む夕べを待ちて熱々にして

五

日向

念のためと鞄に入れて来し傘がだんまり坊のように重たい

飛ぶ鳥

ソックスの片割れどうしが残りたりどこかに片割れどうしあるべし

三色ペンのまず黒が減り赤が減り残れる青を使わずに捨つ

日の落ちるまで

十年余捨てずにおきしが考えて一度着て捨つ母のパジャマを

彼《か》の人に流れし十年わが上に流れし十年　別々にある

今日一日ひとつも嘘はつかざると思えりきょうは誰とも会わず

丸三年経ちて3・11を語れり生きている人たちは

沈む

倒木も若木も太きヒコバエも無言なり無言のままに沈むか

きのうきょう

桂の木のふときいっぽんが吐く酸素きょうわれが吸いかの人が吸う

早く逝くは口惜しからん遅く逝くは寂しくあらん糠雨の降る

雨の音を聴きつついつしか落ちてゆく眠りはうさぎの穴のようなる

生き死にの話をしつつクッキーの減りゆく女子会雷は遠のく

SOSボタンに指の描かれてあればふと人差し指うごく

雨音のこころにしみるきのうきょう年とったなあと思うもおろか

あとがき

『白湯』に続く歌集である。

「白湯」が読めないという読者がいた。つまり、「さゆ」という言葉が古くなったということなのだろう。

しかし、古いことが何か私には、快い。時代のズレともいえるのだが、かえって自分の時代感覚に正直な気がする。ともかく自分の性にあっていると思うのだ。

そして今回は「日和」。「縁側」でもよかったかもしれないと思うほど、のんびりした題名である。長閑な晩年のようでもある。ともかく、二冊を纏め上げたことに一息ついている。

『白湯』を「上」の趣とすれば、この集は「下」というところである。引き続いて北冬舎の柳下和久さんに出版の一切をお願いすることができたのは有り難いことであった。

また、装丁の大原信泉さん、校正の久保田夏帆さんにもお世話になったことを記し、あわせてお礼申し上げたい。

この二冊が久しぶりの歌集の刊行であったので、あらたな気持で、次への一歩にしたいと思っている。

二〇一六年　弥生

選歌集刊行にあたって

「熾の会」が、発足して二十年になることを記念して、代表である沖ななもの歌を整理しておこうということになった。第一歌集『衣裳哲学』から数えて『日和』まで、十冊の歌集がそろったという偶然のようで、必然のようなことも契機ととらえて、これまでの足跡を整理しておくことで、今後の沖の、そして「熾の会」の会員が目指すべき歌の標となるようにとの願いを込めて選歌させていただいた。

結社誌「個性」（昭和四十九年四月号）に「遠くありて女官能の汀　火を抱きしめて墨をする」という歌が掲載されている。「墨をする」と題された作品十一首で、いま、確認できる沖ななも（この号では、まだ本名で出詠している）の最初の短歌作品だと思われる。それからおよそ五十年。歌集『衣裳哲学』（昭和五十七年）からだと四十年間、沖は歌壇の最前線で作歌してきた歌人の一人である。このことに異を唱える人はいないだろう。しかし、選集を編むとなると、様々な意見が出てくることは、容易に想像ができる。そこで、沖ななもらしい歌を第一に選定を進め、ようやくこのように刊行することができた。

この歌が入っていて、あの歌が入っていないのはなぜ？という議論ではなく、沖ななもらしい歌とはどんな歌かという視点で選んだつもりである。しかし沖ななも自身が変幻自在の面を持っているので、ある方向に偏ることもなく、全方位の沖ななもが選ばれていると思っている。

この「選歌集」には、沖の歌集十冊（第一歌集『衣裳哲学』から第十歌集『日和』まで）に収録された三六〇二首のうち六八五首を選んで掲載した。

こうして歌を並べてみると、そこには、沖ななもの作歌の努力・工夫のようなものを読み取る人もいるだろう。また、家族・親族にかかわるプライベートヒストリーに関わるような歌、沖自身が意識しているかどうかは別にして、歌壇の潮流のようなものが作品ににじみ出ているような歌もあるようだ。

歌集には自ずと時代を反映しているようにも読める歌もあり、その時代だからこその歌、その年齢だからこその歌がある。

この選歌集は「熾」の二十周年記念事業の一環として、「熾の会」の会員に向けてまとめたものであるが、同時に沖を知る人に、「ああ、沖さんらしい歌だ」と思われる歌や、「おや、こんな歌も詠っていたか」など、歌人沖ななもの作品について、総体的な姿を紹介することができたら幸いである。

二〇二三年十一月

熾の会編集部
『沖ななも選歌集』編纂委員会
担当　中井　茂

沖ななも選歌集　熾叢書 No.107

2024年3月25日　初版発行

著　者　沖ななも

発行者　髙橋典子

発行所　典々堂
〒101-0062　東京都千代田区神田駿河台2-1-19
アルベルゴお茶の水323
振替口座　00240-0-110177

編　集　『沖ななも選歌集』編纂委員会

組　版　はあどわあく　印刷・製本　渋谷文泉閣